শেষ দেখা আলিপুরদুয়ারে

ডেভিড দত্ত

Copyright © David Dutta
All Rights Reserved.

ISBN 978-1-63940-529-9

This book has been published with all efforts taken to make the material error-free after the consent of the author. However, the author and the publisher do not assume and hereby disclaim any liability to any party for any loss, damage, or disruption caused by errors or omissions, whether such errors or omissions result from negligence, accident, or any other cause.

While every effort has been made to avoid any mistake or omission, this publication is being sold on the condition and understanding that neither the author nor the publishers or printers would be liable in any manner to any person by reason of any mistake or omission in this publication or for any action taken or omitted to be taken or advice rendered or accepted on the basis of this work. For any defect in printing or binding the publishers will be liable only to replace the defective copy by another copy of this work then available.

বিষয়বস্তু

ভূমিকা	v
লেখক পরিচিতি	vii
অক্ষর বিন্যাসক	ix
বিজ্ঞপ্তি	xi
কৃতজ্ঞতা স্বীকার	xiii
1. প্রথম পরিচ্ছেদ	1
2. দ্বিতীয় পরিচ্ছেদ	22
3. তৃতীয় পরিচ্ছেদ	31

ভূমিকা

আমরা সবাই নিজের নিজের জীবনে অনেক সমস্যার মুখোমুখি হয়ে থাকি। সবাই বলে আমার জীবনে অনেক সমস্যা তুমি বুঝবে না ওসব, হ্যাঁ এটা সত্যিই এই পৃথিবীতে কেউ কারো সমস্যা বুঝে না, অন্যের সমস্যা গুলোর মাঝে নিজের সমস্যা গুলোর মিল খুঁজে বার করার চেষ্টা করে, কার সমস্যা কত বেশি এটা প্রমাণ করার আশায়। সবার জীবনেই একটা সিনেমাটিক , শুধু একটা চোখের পলক ফেলার অপেক্ষা পুরো কাহিনী বদলে যায়। কেউ বলে ভালোবাসায় পরে শেষ হয়ে গেলাম কেউ বলে জীবনের দায়িত্ব গুলো পালনের চাপে মরে গেলাম। ব্যর্থতা সকলের জীবনে আসে, তবে যারা সেটাকে মেনে নেন তাদের জীবনে হেরে যাওয়া অনিবার্য, আর যে এই ব্যার্থতা থেকে শিক্ষা নিয়ে এগিয়ে যায় সেই আসল যোদ্ধা হিসেবে পরিচিতি পায়। তবে মাঝে মধ্যে যোদ্ধা হয়েও হেরে যেতে হয় নিজের কাছে ।

লেখক পরিচিতি

লেখকের জন্ম ১৯৯৪ সালের ৩ ফেব্রুয়ারি ভারতের, তথা পশ্চিমবঙ্গ, আলিপুরদারের একটি ছোট্ট গ্রাম হ্যামিলটংগঞ্জে। পিতা লেট পূর্ণ দত্ত পেশায় ব্যবসায়ী ছিলেন, মা নন্দিতা দত্ত। লেখক তাঁর পিতামাতার একমাত্র সন্তান। নিজের গ্রামে স্কুলের পড়াশোনা শেষ করার পরে তিনি উচ্চশিক্ষার জন্য আলিপুরদুয়ার চলে যান, সেখানেই তিনি শিক্ষা বিজ্ঞানে স্নাতকোত্তর পড়াশোনা শেষ করেন। এরপরে তিনি মাস্টার্স এবং টিচার্স ট্রেনিং কোর্সে পড়াশোনা করার জন্য মালদা চলে যান। দশম শ্রেণিতে তিনি কবিতা লিখতে শুরু করেছিলেন, এরপরে তিনি গল্প ও গান লিখতে শুরু করেন। লেখক গান গাইতে, গান শুনতে এবং গান লিখতে পছন্দ করতেন সাথে, গিটার বাজতে, কবিতা লিখতে, গল্প লিখতে এবং ফটোগ্রাফি করতেও পছন্দ করতেন। কখনও কখনও সময় পেলে দিনের শেষে ছবি আঁকতে পছন্দ করতেন।

অক্ষর বিন্যাসক

মানস সরকার
(আলিপুরদুয়ার)

বিজ্ঞপ্তি

এ বইয়ে যা কিছু লেখা আছে তা কেবল মাত্র একটি গল্প। তাই কোন ঘটনা বা স্থানের সাথে যদি মিল থেকে থাকে তাহলে সেটা নিতান্তই কাকতালীয়।

কৃতজ্ঞতা স্বীকার

কিছু মানুষকে ধন্যবাদ জানতে চাই। যারা এই বইটি লিখতে নানা অংশে সাহায্য করেছে। দিশা দাস, অসংখ্য ধ্যবাদ তোমাকে, এই বইটির কভার ডিজাইন বানিয়ে দেওয়ার জন্যে এবং মানস সরকার, আবারও অসংখ্য ধ্যবাদ তোমাকে, এই বইটির অক্ষর বিন্যাসক হওয়ার জন্যে।

1
প্রথম পরিচ্ছেদ

সেদিন ছিল একটা বৃষ্টির ভরা দিন। সাধারন দিনের মতই বাজার করে রাস্তা দিয়ে যাচ্ছিলাম। দেখা পেলাম এক ভাই এর, যার নাম প্রনজিত।

প্রনজিত – "দেবো দা আমরা পারার কয়েক জন মিলে আলিপুদুয়ার ঘুরতে যাচ্ছি, তুমিও চলো যাই!"

আমি – আলিপুর দুয়ার? হটাৎ! কি আছে ওখানে?

প্রনজিত – আছে তো অনেক কিছুই, ওখান থেকে ভূটানও কাছে শুনেছি, যাচ্ছি ৭ দিনের জন্য, চলো না ঘুরে আসি!

আমি – আচ্ছা দেখি! কবে যাবি তোরা?

প্রনজিত- পরসু রাতে বেরোব!

আমি – বেশ আমি যানাচ্ছি!

বলে চলে এলাম বাড়ি। ভাবছিলাম যাব কি যাবনা, আর কিবা আছে তেমন তো কিছু নেই মনে হয় সেখানে কি হবে গিয়ে! এই মাঝে এক বন্ধুর নাম রোহিত ফোন করে বলল

"কিরে শুনলাম তুইও যাচ্ছিস আলিপুর দুয়ার"

আমি – এখনো ঠিক করিনি যাবো কি যাবো না বলে। তুই যাচ্ছিস নাকি?

রোহিত - হ্যাঁ ভাবছি যাবো, এমনি তেই তো ২০২০ টা খুব খারাপ গেল লকডাউন এর জন্য। এখোনতো লকডাউন উঠে গিয়েছে, আবার যদি লকডাউন হয়, তাই ভাবছি এই সুযোগে ঘুরেই আসা যাক।

কথা শেষ হল, একে অফিসের কাজ এত, যদিও বা যাই তবে ফিরে আসার পর কাজের অনেক চাপ থাকবে; নাহ থাক যাব না সিদ্ধান্ত নিয়ে ফেললাম। এর পর অফিস এর কাজ করতে বসলাম, কাজের নেশায় বুঝতেই পারিনি রাত ঘনিয়ে এসেছে। কাজ থেকে উঠে আবার রাস্তায় গেলাম দেখি পারার ছেলেরা সবাই আড্ডা দিচ্ছে, আমি আবার এসব কিছু পছন্দ করতাম না, মনে মনে ভাবলাম

"এমনিতেই কভিড চারিদিকে, যাবনা আলিপুর দুয়ার!"

ঘরে আসলাম মা বলল আয় খেয়ে নে বাবা। খেতে খেতে মা বলল

"পাড়ার সবাই আলিপুর দুয়ার যাচ্ছে তুই কি ভাবলি?"

আমি - আমি এখনো ভাবিনী , তবে যাওয়ার ইচ্ছে নেই।

মা – সেটাই যেতে হবে এই পরিস্থিতিতে।

খাওয়া দাওয়া সেরে ঘরে গেলাম , পরের দিন কাজের নিয়ম তালিকা বানাচ্ছিলাম। এর পর শুয়ে পরলাম আর ফোনে ফেসবুক ঘাঁট ছিলাম। সেখানে দেখি কেউ এক জন বিউটি অফ ডুয়ার্স লিখে আলিপুরদুয়ার এর কিছু ছবি পোস্ট করেছে, বেশ ভালই ছিল ছবি গুলো। দেখে মনে হচ্ছিল পাহাড়ের কোলে মাথা রেখে ঘুমাচ্ছিল একটি ছোট্ট শহর। ছবি গুলো দেখে মনে হচ্ছিল না গেলে মিস করব । ভাবতে ভাবতে ঘুমিয়ে পরলাম। পরের দিন সবাই ফাইনাল নাম দিচ্ছিল আলিপুর যাওয়ার জন্য, আমাকে রহিত ফোন করে বলল

কিরে যাবি না ? নাম তা দিয়ে আয়।

আমি- না রে যাবনা, ভাই তোরা যা, পরের বার যাবো।

আর নাম লেখালাম না সেদিন । ঘরে গেলাম অফিসের কাজ নিয়ে বেস্ত হয়ে পরলাম , আর নিজের রোজ কার নিয়ম মত কাজ শেষ করে ঘরে ঘুমিয়ে পরলাম। পরের সকালে আবার সেই নিজের রোজ কার নিয়ম মাফিক কাজ শুরু হলো, কাজের নেশায় আবার সন্ধ্যা নেমে এলো। সন্ধায় চা পান করতে করতে বেলকনিতে এসে যখন দাঁড়ালাম, দেখি আমার অনেক বন্ধু বান্ধবেরা, সাথে ভাই বোনরা রাস্তায় ভিড় করেছে, গাড়ি এসেছে সবাই যাওয়ার জন্য প্রস্তুতি নিচ্ছে। এরি মাঝে সবাই যাচ্ছে দেখে কেনো জানিনা মনে হচ্ছিলো যে গিয়েই দেখি কি হয়। তাই আর দেরি না করে নীচে রাস্তায়

আসলাম আর রহিত কে বললাম

ভাই এখন বললে যাওয়া যাবে ? আমিও যাবো ! ব্যবস্থা কর একটা!

রোহিত- তুই না বললি যাবিনা আবার এখন যাবি যে ? নকশা করছিস ।

আমি – এত কথার সময় নেই , যাবো বলছি ব্যবস্থা কর ।

এর পর রোহিত ওখানে কথা বলে আমাকে নিয়ে যাওয়ার ব্যবস্থা করে দিলো। তারা তারি করে ঘরে গেলাম মাকে জানালাম আর জিনিস পত্র কোনো রকমে নিয়ে বেরিয়ে পরলাম।

গাড়ি ছাড়ল দমদম থেকে রাত ৮ টায়, বাসের যাত্রা , প্রায় ১৪ ঘন্টার রাস্তা । বাসে উঠেই ঘুমিয়ে পরলাম , চোখ খুললো যখন দেখি মালদায় গাড়ি দাঁড়িয়েছে , বাস থেকে নেমে মুখ হাত পা ধুয়ে এক পেয়ালা মাটির ভারে চা পান করলাম। কিন্তু মনে হচ্ছিল ওখানে গিয়ে ভুল করলাম নাকি কোনো, এত কাজ অফিসের সবার চাপ এক সাথে পরবে । যাই হোক চলে এসেছি কিছু করার নেই, বাস ছাড়ল আবার মালদা থেকে , রাস্তা দিয়ে যাওয়ার পথে মালদায় আম গাছের বাগান দেখে মনে হচ্ছিল মালদা সত্যি আমের শহর। আসলে উত্তরবঙ্গে সেই ছোট বয়সে এক বার গিয়েছিলাম বড়ো হওয়ার পর প্রথম বার যাচ্ছিলাম সেদিন তাই সব টাই খুব নতুন মনে হচ্ছিলো। দেখতে দেখে ঘুমিয়ে পড়লাম আবার যখন চোখ খুললো ততক্ষণে আমরা শিলিগুড়ি পৌঁছে গিয়েছিলাম, সেখানে বাস আবার কিছু ক্ষণের জন্যে দাঁড়িয়ে ছিলো । বাস থেকে নেমেই না একটা আচমকা ঠান্ডা অনুভব করলাম , মনে হলো শিলিগুড়ি শহর টাকে কেউ শীতের চাঁদর জড়িয়ে রেখেছে। তখন

মনে হচ্ছিলো যে হয়তো এখানে এসে ভুল করিনি। এর পর আবার শিলিগুড়ি থেকে যখন বাস ছাড়লো রোহিত এসে আমার পাশে বসলো, বললো

ভাই এখন আর ঘুমাস না অনেক সুন্দর দৃশ্যনাহলে দেখতে পারবি না!

আমি তার কথা মতো বাসে জানালার ধারে বসে পড়লাম, যখন সেবক সেতুর ওপর দিয়ে যাচ্ছিলাম তখন অন্ধকারে পাহাড় টা ঠিক বোঝা না গেলেও অনুভব করা যাচ্ছিল। রাস্তার বাঁক দেখে শরীরে শিহরণ উঠতে লাগলো,

নাহ রোহিত ভাই এখানে আসা টাভুল হয়নি রে,জায়গা টাদারুন।

রোহিত – দেখলি তো , সারাটা জীবন তো এই কাজ আর টাকার পিছনেই দৌড়ালি।প্রকৃতির রূপ গুলোওতোদেখা দরকার ভাই।

প িছন থেকে প্রনজিত আসলো গিটার হাতে।আমি বললাম

প্রণজিতভাই এখানেও গিটার এনেছিস!

প্রণজিত– তুমি এসেছ বলে কথা, গান বাজনা হবে না!

আমি – অবশ্যই হবে ! চল বের কর দেখি!

এর পর শুরু হলো গানের পর্ব। গান গাইতে গাইতে রাত ১১ নাগাত আলিপুরদুয়ার ঢুকে পড়লাম, সেখানে অনেকেই চেনা জানা ছিল তবে সবার কথা বার্তা তেমন একটা বলতাম না কারণ মানুষ হিসেবে আমি ছিলাম একা থাকার মানুষ। বেশি বন্ধু ছিলনা বললেই চলে। এবারে সবাই হোটেলে উঠলাম , সবাই নিজের নিজের মতো করে রুমে চলে গেলো। আমি নিজের জন্যে একটা আলাদা রুম নিয়েছিলাম। রুমে নিজের মত করে পরিষ্কার হয়ে, নীচে খাওয়ার টেবিলে চলে আসলাম। পুরো হোটেলটা মনে হচ্ছিল আমাদের পাড়ার লোক দিয়ে ভরে গিয়েছে। আর সব থেকে মজার কথা পুরো হোটেলে আর কোনো রুম ফাঁকা নেই। খাওয়া দাওয়ার পর্ব শুরু হতেই সেখানে একটা মেয়ে এসে দাঁড়ালো, দেখতে সুন্দর, গায়ের রং ফর্সা, চোখ গুলো টানা টানা, চুল ছিলো খোলা, তবে মুখে হাসি থাকলে হয়তো আরো বেশি সুন্দর লাগতো। টপা টপা গাল গুলোর ওপরের দিকটা লাল হয়ে ছিল, সেই অবস্থা তেও তাকে দেখতে সুন্দর ই লাগছিল। তবে সে এত রেগে ছিল কেনো টা বুঝতে পাড়লাম না সে মুহূর্তে। সে আসার পরক্ষণেই যে দায়িত্ব নিয়ে আমাদের নিয়ে এসেছিল মাসান দা তার দিকে ছুটে গেলো। ব্যাপারটা বুঝতে পারলাম না, তবে বোঝার চেষ্টাও করিনি। খাওয়া দাওয়া শেষ মাসান দা সবাই কে বলে দিলো

কাল সকালে সবাই ভোরে৫টায় রেডি হয়ে চলে আসবে হোটেল এর গেটে আমরা ৫:৩০এরওনা দেবো জয়ন্তীপাহাড়ের উদ্দেশ্যে! যদি কেউ দেরি করে তার জন্যে অপেক্ষা করা হবে না!

এর পর সবাই নিজের নিজের রুমের দিকে চলে গেলো। হটাৎ মাসান দা আমাকে ডেকে বললো

মাসান দা – “দেবো একটা কথা ছিলো। তোমার রুমটা তোডবল রুম তুমি তো একাই আছো। আমাদেরই পাড়ার এক জন আছে ওর থাকার জন্যে রুম এর ব্যবস্থা করতে হবে! একটা কাজ করবে তোমার ঘরে এসে যদি থাকতো তালেভালো হতো সবার ঘরে

তো অনেক জন করে আছে জায়গা হবে না অন্যদের ঘরে, তুমি অল্পঅ্যাডজাস্ট করে নিলে আমার উপকার হয় ?"

মাসান দা সম্মানীয় মানুষ তার কথায় তো আর না করা যাবে না। তাই বলে দিলাম

আমি – যেটা তুমি ভালো বোঝো মাসান দা, আমার সমস্যা নেই।

আমি রুমে চলে আসলাম , একটু পর কলিং বেল টা বাজল, আমি দরজা খুলতে না খুলতে সেই মেয়ে টা হুড়মুড়িয়ে আমার ঘরে ঢুকে বাথরুম এ চলে গেলো। আমি কিছুক্ষন এর চুপ হয়ে বললাম এটা হলো টা কি? এই ভাবে কে ঢুকে অন্যের রুমে। মেয়ে টা কোন সারাই দিলো না। আমি মাসান দা ব্যাপার টা জানানোর জন্যে ফোন করলাম বললাম

"মাসান দা আরে একটা মেয়ে হুট করে ঘরে ঢুকে আমার বাথরুমে ঢুকে বসে আছে। তুমি আসো তারা তারি!"

মাসান দা – শান্ত হওরাত ১:৩০বাজে, আমি বলেছিলাম না একটা মেয়ে থাকবে এটা সেই মেয়ে টাই।

আমি – মাসান দা তুমি তো এক বারোবলনি যে কোনো মেয়ে থাকবে?

মাসান দা – এটাও তো বলিনি কোনো মেয়ে থাকবে না !

কথাটা বলে ফোন টা রেখে দিল। আমি বুঝতেই পারছিলাম না কি করে তার সাথে রুম টা শেয়ার করবো। মেয়ে টা বেরিয়ে আসলো আসার সাথেই আমাকে জ্বর গলায় বলতে শুরু করলো

"ভেবেছোটা কি নিজেকে ? আমি নিজের ইচ্ছায় তোমার রুমে এসেছি ? এমনিতেই আমার আসতে একটু দেরি হয়েছিলো বলে ওরা বাস ছেড়ে দিয়েছে,আর আমি দুগুন টাকা দিয়ে ট্রেনে তৎকালে টিকিট করে এসেছি এসে দেখি রুম নেই ! আমার কোনো বিশেষ ইচ্ছে নেই তোমার রুম এআসার চাপেপড়ে এসেছি। আলিপুরদুয়ারেও এসেছি ঘুরার ইচ্ছে ছিলো তাই আর সাথে কাজও আছে!"

না থেমে কথা বলেই গেলো। আমি চুপ করে শুনলাম! আমি কি বলবো বুঝতে পারছিলাম না আর মেয়ে টা পেছনে নিজের ব্যাগ থেকে জিনিস বার করছিল আর রাগে বিড় বিড় করে কিছু বলছিল, আমি ভাবলাম বেশি কিছু না বলেই ভালো পরে আমার রুম থেকে আমাকে বের করে দেবে, বললাম

"সরি! আসলে বুঝিনি তুমি ঐ খাট টায় শুয়ে পড়ো, রেস্ট করো কাল ভরে উঠতে হবে , কিছু দরকার হলে বলো আমায়,"

মেয়েটা তখনও রাগে বির বির করে যাচ্ছিল, আমি আবার বললাম

"আচ্ছা তোমার নাম টা কি ?"

মেয়েটা দেখি আরো রাগের সরে বলে উঠলো

"আমার ওপর লাইন মেরে লাভ নেই, বুঝলেন মিস্টার আমি বললাম - "দত্তদত্ত"

মেয়ে টা – হ্যাঁমিস্টার দত্ত না গত্তযাইহন, নিজের কাজে কাজ রাখেন আর ঘুমান যান।

আমি মনে মনে ভাবলাম এই মেয়েটার মাথায় হয়তো ছিট আছে, তাই এমন ভাবে কথা বলে কালকে সকাল টা হোক একটা ব্যবস্থা করতেই হবে। বিছানায় শুয়ে ঘুমিয়ে পড়লাম, তবে ঘুমালাম মাত্র ২ ঘন্টা ৩০ মিনিট এর মতন। মেয়েটা ফোনে অ্যালার্ম দিয়ে ঘুমিয়েছিল ৪:৩০ এর যাই হক উঠে পড়লাম বাথরুম গেলাম মুখ ধুয়ে রেডি হলাম। মেয়েটাও রেডি হলো , তখনও একটাও কথা হয়নি আমাদের মাঝে এর পর চা দিয়ে গেলেন রুমে চা আর বিস্কুট খেয়ে বেরিয়ে পড়লাম গাড়িতে বসলাম। দূর্ভাগ্য বসতো সবাই আগেই এসে সব গাড়ির সাইট ভরে ফেলেছিল, একটা গাড়ি ছিল পাসা পাসি ২ টা সিট ছিল, আমি একটাও কথা বলে বসে পড়লাম আমার পাশে এসে মেয়ে ত বসলো। কপাল বসত রোহিত সেই গাড়িতেই ছিল। আমার পেছনে বসেছিল। আমাকে পেছন থেকে বলল

এক রাতেই মেয়ে টাকেপটিয়ে নিলি! তুমি তো গুরুদেব বাবা!

আমি বললাম ভাই

যেমনটা তুই ভাবছিস তেমনটা নয়।

ঠিক সময় গাড়ি ছাড়লো আমরা রওনা দিলাম জয়ন্তীর উদ্দেশে। রাস্তায় যাওয়ার পথে আলিপুর দুয়ার এর সেই ওভার ব্রীজ টা

থেকে পাহাড় টা অনেকটা স্পষ্ট দেখা যাচ্ছিল। চারিদিকটা যেনো ঠান্ডায় কবলিত, ধীরে ধীরে আমরা একটা জঙ্গলের মাঝে ঢুকে পড়লাম জঙ্গল তার নাম ছিল "রাজাভাতখাওয়া" রাজা সত্যিই ভাত খেয়েছিল কি না ! তবে সত্যি বলতে দু পাশে জঙ্গল সবুজে মাঝে নির্জন রাস্তা, সাথে একটা অহংকারী নাটকীয় মেয়ে। কেনো জানি না মেয়ে তার আগের রাতের খারাপ ব্যবহারটা ভুলতেই পারছিলাম না । এবারে "ভাতখাওয়া" চেকপোষ্টে দাড়ালাম সব গাড়ির টিকিট করা হলো এর পর শুরু হলো পাহাড়ের রাস্তা। প্রথমে গেলাম জয়ন্তী নদীর ধারে। কি ঠান্ডা আর পরিষ্কার জল। কলকাতায় এমন নদীর জল দেখাই যায়না। আকাশে বাতাসে কোনো দূষণ নেই। কত পরিস্কার সবাই। ছোট বেলায় বই এ পড়েছিলাম নেতাজি সুভাষ চন্দ্র বসু কে যে জেলে রাখা হয়েছিল সেটা নাকি জয়ন্তীতেই আছে। আমরাও অনেকটা জঙ্গল ঘুরলাম সেখানে ৪ টা নাগাত খাওয়া দাওয়া সামান্য পরিমাণ করলাম। এর পর ওখানে আমরা গাড়ি ঠিক করলাম যারা আমাদের ১৬ টা ভিউ পয়েন্ট ঘোরাবে। পুকুরি লেক, ওয়াচ টাওয়ার, এলিফ্যান্ট যোন নানা যায়গা। ২দিন সেখানে সবার থাকার প্ল্যানিং করা হোল। এবারে তাড়াতাড়ি আমরা সেখানে সবাই ঘর নিয়ে নিলাম আসে পাশের লজে এবার আমি রোহিত এর সাথে রুম নিয়েছি যাতে সমস্যা না হয়। যখন বাজে ১০ টা তখন আমরা সবাই সেই জয়ন্তী নদীর পাড়ে থাকা লজ গুলো থেকে রওনা হলাম । সেখানে মোট আমাদের গাড়ির সংখ্যা ছিল ৯ টা। সব গুলোই ছিল জিপসি, একের পর এক টা গাড়ি সরি ধরে বেরোলাম সেখান থেকে পাহাড়ের আরো উচুতে ওঠার জন্য। এর পর একটা যায়গা আসলো যেখান থেকে আমাদের হেঁটে উঠতে হবে। এবারে সবাই হাঁটা ধরলাম পাহাড়ের ওই খাড়া রাস্তা। আসলে রাস্তা বলা ভুল ওটাকে। আমার পেছনে ছিল ওই মেয়ে টা যে হুট করে আমার থেকে দৌড়ে বেরিয়ে গেলো, ওই ভাঙ্গা রাস্তা দিয়ে। এরই মাঝে সবাই দেখি হটাৎ গতি ধরলো আমি তো ক্লান্ত হয়ে পড়েছিলাম আর হাঁটতে পারছিলাম না। সেই মেয়ে টাও আস্তে আস্তে আমার সমতায় চলে এলো ও আর আমি আমরা পেছনে সবাই এগিয়ে গিয়েছিল। হটাৎ পা পিছলে গেল মেয়ে টা ধাপ করে পরে গেলো, আমি তাড়াহুড়ো করে ওর কাছে গেলাম আর জোরে করে বোকা দেওয়া শুরু করলাম

দেখে হাঁটতে পারেন না এত ভাঙ্গারাস্তা , আপনার বাড়ির সমতল রাস্তা না,দৌড়ে গিয়েঅনেক বড় হনু প্রমাণ করতে চান ? ঠিক হয়েছে!বেশি বারবারই করলে তাই হয়।

বলতে না বলতেই দেখি হাও মাও করে কান্না শুরু করে দিলো। আমি আচমকিত হয়ে গেলাম। আমি ভেবেই বসেছিলাম মনে হয় হাত পা ভেঙ্গেছে! পরে দেখি হতে শুধু অল্প ছুলে গিয়েছে আর রক্ত পড়ছে তার কাটা যায়গা টা ধুয়ে দিলাম আর সাথে আমার রুমাল টা দিয়ে বেঁধে দিলাম। তাকে ধরে উঠালাম , আর জিজ্ঞেস করলাম

আরো কোথাও ব্যাথা পেয়েছো?যেতে পারব ওপরে নাকি নেবে যাবে ?

সে উত্তর দিলো

যেতে পারবো। না পারলেও যেতে হবে ওখানে উচুতে একটা শিবের মন্দির আছে ওটা দেখে আসবো।

তার সাথে আস্তে আস্তে ওপরে উঠতে রইলাম প্রায় ৩ টা পাহাড় পার করলাম তার পর এসে পৌছালাম সেই পুকুর টায়। তিনটে পাহাড় ঘেরা পাহাড়ের ওপরে ওই পুকুরটার ওখানে আস্তে কথা বললেও সেথার প্রতিধ্বনি শোনা যায়। আর অজস্র মাগুর মাছ ভর্তি কেউ ওখানে পড়ে গেলে মরে যাবে, মাছের কামড়ে। পাশেই ছিল সব ঠাকুরের সেই মন্দির টা। সেখানে প্রণাম করলাম। সময় হয়ে গেল ওখান থেকে বেরনোর পালা। মেয়েটা নামার সময় আমি ধীরে ধীরে ধরে ধরে নামছিলাম। তখন আমি ওকে সুযোগ বুঝে জিজ্ঞেস করলাম

"তখন কথা গুলো ওভাবেবলা টা ঠিক হয়নি। সরি ভুল হয়ে গিয়েছে আমি বুঝিনি তোমার হাতটা এত কেটে গিয়েছে"

মেয়েটি বললো

কোনো ব্যাপার না

আমি – আচ্ছা তোমার নাম টা কি ?

মেয়েটি– লাবণী! আর তোমার !

আমি – ডেভিড

এইভাবে কথা বার্তা শুরু হলো তার সাথে, সে একটা গল্পঃ লিখবে বললো এই ডুয়ার্স নিয়ে। আরো অনেক কথাই হলো আমাদের মাঝে নীচে নেমে গাড়িতে বসে আরো কিছু ভিউ পয়েন্ট ঘুরে রুমে আসলাম। সারা দিনের কথা বার্তায় তার সাথে একটা বন্ধুর মত

সম্পর্ক তৈরি হলো। রাত ঘনিয়ে এলো সবাই এক সাথে খাওয়া দাওয়া করে বসলাম। তখন আমি রোহিত কে নিয়ে তার টেবিলেই খেতে বসলাম। সে আমার রুমাল টা আমায় ফেরত দিলো আর ধন্যবাদ জানাল। বেশ ভালো লাগলো সেদিন তার সাথে কথা বলে। পরের দিন বাকি ভিউ পয়েন্ট গুলো ঘোরা শেষ করে আবার সেই রাতেই ফিরলাম আলিপুরদুয়ারে সেই হোটেলে। আমায় এসে সে জানালো সে অন্য একটা রুম পেয়ে গিয়েছিল থাকার জন্যে, আমি তাকে বললাম বেশ ভালই হলো। লাবনী এমনিতে খুবই শান্ত প্রকৃতির মেয়ে তবে রেগে গেলে তার সামনে চুপ করে থাকাটাই বুদ্ধি মানের কাজ। রাতে মাসান দা সবার ঘরে গিয়ে জানিয়ে আসলেন যে পরের দিন সকাল ৭ টায় আমরা ভুটান যাওয়ার জন্যে বেরোব রাস্তায় আরো কয়েকটা জায়গায় যাবো। এতটা পথ হেঁটে ছিলাম বলে সে রাতে আমার দারুন ঘুম এসেছিল। পরের সকালে যথারীতি ৭ টায় সবাই রওনা দিলাম ভুটানের উদ্দেশে। আমি গিয়ে বাসে লাবনীর পাশেই বসলাম। লাবনী কে বললাম তোমার হাতটা ঠিক আছে ?সে বললো হ্যাঁ ঠিক আছে অল্প ব্যথা আছে। সেটা কমে যাবে আমি উত্তর দিলাম। এই ভাবে পুরো রাস্তা আমরা গল্পঃ করতে করতে চললাম । যেমন সে পড়াশোনা শেষ করে কি করতে চায়, আমি কিসের চাকরি করি তা অনেক গল্পঃ। আমরা নিমতির রাস্তা দিয়ে চিলাপাতা হয়ে পৌঁছে গেলাম হাসিমারা। কি অবিকল সুন্দর প্রবেশ পাহাড়টা এত টাই কাছে মনে হচ্ছে যে গাড়ি থেকে নেমে গিয়ে ধরতে পারবো। রাস্তায় দুপাশে শুধুই চাপাতি গাছ। এক সমান করে গাছ গুলো কটা দেখে মনে হবে যেন ওটা একটা সবুজ বড়ো বিছানা। সেই উঁচুতে ৫ তলা ৮ তলা বাড়ি ছোট ছোট খেলনা বাটির ঘর, মনে হচ্ছিল পাহাড় তার যতো কাছে যাচ্ছিলাম পাহাডটা অতই দূরে যাচ্ছিল দেখে তাই লাগছিল। দুঃখের বিষয় লাবনী এগুলো কিছুই দেখতে পারেনি, কারণ সে এতটাই ক্লান্ত ছিল যে সে আমার কাঁধে মাথা রেখে ঘুমিয়ে পড়েছিল। আমি মনে মনে এটাই ভাবছিলাম এখানে না আসলে হয়তো জানতেই পারতাম না পাহাড় কেমন হয়। আসলে দক্ষিণ বঙ্গের অনেকেই উত্তর বঙ্গকে জঙ্গল বলে অভিহিত করে তবে এটা সত্যি। আসল শান্তি উত্তর বঙ্গেই ভুটান গেটে যখন পৌঁছালাম তখন লাবনী কে ডাকলাম

উঠুন ম্যাডাম, ভুটান ঢুকে গিয়েছিপ্রায়।

লাবণী ঘুম ঘুম চোখে উঠে বসলো খোলা চুল বেঁধে আমায় হটাৎ জিজ্ঞাসা করলো,

আচ্ছা আমাকে খোলা চুলেবেশি ভালো লাগে নাকি, বাঁধা চুলে?

আমি – উম খোলা চুলেই বেশি ভালো লাগে।

এবারে বাস থেকে নেমে ছোট গাড়িতে চাপলাম গাড়িতে যে কজন এর সিট সেকজনি বসতে পারবে নাহলে নাকি ভুটান ঢোঁকা যাবে না। তাদের কথা মত সবাই ছোট ছোট গাড়িতে বসে পড়লাম। ভুটান গেট দিয়ে যখন ভুটানে ঢুকলাম তখন মনে হচ্ছিল জানো কোনো বড়ো রাজপ্রসাদে ঢুকছি সব গোছানো রাস্তায় একটা নোংরা নেই চারিদিক পরিষ্কার, আবার সব থেকে মজাদার ব্যপার ভুটানে ঢুকতে গেলে পাসপোর্ট লাগেনা । ওখানে সব মানুষদেরি চোখ ছোট ছোট। এক কথায় চীনের ক্ষুদ্র সংস্করণ। যাই হোক আমরা প্রথমে গেলাম ক্রকোডাইল লেক, তার পর ঘুমফা মন্দির। রাস্তা গুলো শুধুই মনে হচ্ছিলো খাড়া ঢাল বরাবর ওপরে উঠে যাচ্ছিল। অজস্র বাঁক রাস্তায়। ভুটানে কিছু অবিকল নিয়মের ব্যাপারেও আমাকে লাবনী জানাল ওখানে নাকি রাস্তায় থুতু ফেলে যায় না, সিগারেট খাওয়া যায় না , গাড়ির হর্ন বাজানো যায় না , এসব করলে নাকি অনেক টাকা জরিমানা দিতে হয়। তবে ওখানে মদ্য পানকরতে পারব , এমনকি ওখানে গালামাল দোকানেও মদ কিনতে পাওয়া যায়। ভুটানে কিছু বছর আগে অব্দি রাজার শাসন ছিল, তবে এখন গণত্রন্ত হয়েছে। ভুটানের রাজা রানী কে ভুটান এর লোক জন ভগবান তুল্য সম্মান দেয়। সবার বাড়িতে দোকানে রাজা রানীর ছবি দেখতে পাবে ই ওখানে গেলে। লাবনী আর আমার কথা বার্তা অনেক টা বেড়ে গিয়েছিল। এক কথায় চাকরি পাওয়ার পর থেকে বন্ধু বান্ধব এর সাথে তেমন কথা হতো না ,

অনেক বছর পর এমন একজন মানুষ এর সাথে সাক্ষাৎ হয়েছে যার সাথে কথা বলে শান্তি পাওয়া যাচ্ছিল। মন খুলে কথা বলার সুযোগ পেয়েছিলাম। আমদের গল্পঃ হতে হতে আমরা ভুটানের রাজধানী থিম্পু পৌঁছে গেলাম।

কি মনোরম পরিবেশ, রোহিত আর প্রণজিত ভেবেই নিয়েছিল আমি মেয়ে তার সাথে প্রেম করছি বলে। তবে আসলে তেমন কিছুই ছিলনা। এবারে থিম্পু তে পৌঁছে আমরা একটা হোটেলে রুম নিয়ে নিলাম ওখানে হাত মুখ ধুয়ে আমরা ঘুরতে বেরোলাম সন্ধ্যায়। পাহাড়ের ওপর থেকে নিজের ওই জায়গাগুলো কে এতটাই ছোট লাগছিল যে মনে হচ্ছিল নীচে জোনাকিরা স্থির ভাবে বসে। রাতে প্রচণ্ড ঠান্ডায় হাত পা অবশ হয়ে পড়েছিলো। এমনি সময় লাবনী হাসতে হাসতে এসে হাতটা ধরলো আর বললো

চলো হোটেল এর টপ ফ্লোরে গিয়ে তার বেলকনিতে যাই,

সে আমার ধরে নিয়ে যাচ্ছিল আর আমি কোনো কথা না বলেই তার পায়ের সাথে পা মিলিয়ে চললাম। সেখানে পৌঁছে সে আমাকে বললো,

আমি প্রেমে পড়েছি

আমি - মানে!!!!

আমি চুপচাপ হয়ে পড়লাম, কি বলবো এরপর বুঝতে পারছিলাম না, তখনই আমার ভাবনা থামিয়ে বললো

আমি এই পাহাড়ের প্রেমে পড়েছি !

যাই হোক বাবা এ যাত্রায় বেঁচে গেলাম। এখনই কি বলতে গিয়ে কিবা বলে দিতাম, নিজের মানসন্মান নিজেই হারাতাম। তবে যাই হোক । এরই মাঝে প্রণজিত রোহিত আরো কয়েকটা আমার বান্ধবী পল্লবী, সুমি, শতাব্দী, অনেকেই ওখানে উপরে আসলো। প্রথমে আমি ভাবলাম তারা হয়তো আমার পিছা করছে, পড়ে জানতে পেলাম তারা অন্য কারণে এসেছে।

প্রনজিত বললো - কি দেবোদা তুমি আমাদের ভুলেই গিয়েছ! তোমার তো পাত্তাই পাওয়া যায় না !

একে একে সবাই খেপানো শুরু করলো আমি সেটাই একটু অস্বস্তি অনুভব করলেও লাবণী কিন্তু তা করেনি। এর পর সেখানে প্রনজিত এর গিটার নিয়ে আর আমাদের মত কিছু অধ ভাঙ্গা গলা নিয়ে মানুষের গান। এর পর প্রনজিত আমাকে বললো দেবো দা অনেক দিন হলো তোমার লেখা গান শুনিনি আজ একবার শুনাও। আমি না করেছিলাম সেই ছোট বেলায় লেখা গান ওগুলো কেমন বাচ্চাদের গান মনে হয় আমার কাছে। লাবণী বলে উঠলো, শুনাও একটা শুনেই দেখি, তার কথা না রেখে পারলাম না। এর পর শুরু হলো নিজের লেখা গানের পর্ব। যাই হোক আমার তেমন একটা ভালো না লাগলেও সবারই ভালো লেগেছিল। খোলা আকাশের নিচে পাহাড়ের উঁচুতে নিজের ছোট বেলার লেখা গান গুলো করে বেশ হালকা মনে হচ্ছিল। এর পর সবাই খাওয়া দাওয়া করে ঘুমোতে চলে গেলাম। তবে সেরাতে চোখ বন্ধ করলেই লাবনীর কিছু কথা তার চেহারা সমেত চোখের সামনে ভাসছিল। এইভাবে কখন ঘুমিয়ে পড়েছি বুঝিনি। তবে সেদিন আমি ঘুমিয়ে একটা স্বপ্ন দেখেছিলাম লাবনীর বিয়ে হয়ে গিয়েছিল। আর আমরা কোনো একটা রেস্টুরেন্টে বসে কথা বলছিলাম। সকালে ৬ টায় ঘুম ভাঙলো । স্বপ্ন আর বাস্তবের মাঝে কিছুতেই পার্থক্য করতে পারছিলাম না। তবে ভুল ভ্রান্তি বেশিক্ষণ টিকলো না। এরপরে

আমরা মুখ ধুয়ে সকালের খাওয়া দাওয়া করে বেরিয়ে পড়লাম সেখানকার লোকাল কিছু ভিউ পয়েন্টে। ঘুরা শেষ করে বিকেল চারটার দিকে বেরিয়ে পড়লাম আলিপুর এর উদ্দেশ্যে। গোটা রাস্তা লাবনীর সাথে কোন কথাই হয়নি কারণ সে আবার আমার কাঁধে মাথা রেখে ঘুমিয়ে পড়েছিল। এরপর আমরা আলিপুরদুয়ার পৌঁছালাম, আর হোটেলে গিয়ে স্নান খাওয়া দাওয়া করে যখন রুমে বসলাম ঠিক সেই সময় মাসান দা এসে সবাইকে বলল,

আজকের দিনটা সবাই আমরা রেস্ট করবো কালকে সবাই জলদাপাড়া ঘুরতে যাব।

বেশ সেদিনকার মত সময় পেয়ে গেলাম একটু বিশ্রাম নেওয়ার, এরই মাঝে লাবনী এসে আমায় বলল,

আমি শুনেছি আলিপুরদুয়ারে গরম বস্তি নামে একটা জায়গা আছে জায়গাটা নাকি খুব সুন্দর চলনা ঘুরে আসি!

তার দেওয়া প্রস্তাবে না করতে পারলাম না, আমি রাজি হয়ে গেলাম তার সাথে সেখানে যাওয়ার জন্য, পরক্ষণেই একটা ছোট গাড়ি ভাড়া করলাম আর তার সাথে বেরিয়ে পড়লাম গরম বস্তির উদ্দেশ্য। পরিবেশটা এত সুন্দর তা ভাষায় প্রকাশ করা যাবে না। সেখানকার বাতাসের ধারে এত সুন্দর একটা পরিবেশ ছিল সেটা শুধু অনুভবে প্রকাশিত ভাষায় ব্যক্ত করা যাবে না। আসলে সত্যি বলতে আলিপুরদুয়ার যে আসেনি সে কখনোই জানবে না যে ডুয়ার্স কি! কারণ ডুয়ার্সের সৌন্দর্য কোন বইয়ে লিপিবদ্ধ করা যাবে না! তবে যাই হোক আমরা গরম বস্তি পৌছালাম সেখানে নদীর ধারে নৌকায় বসে অনেক গল্প করলাম, সে আমায় তার ছবি তুলে দিতে বলেছিল, আমি রাজি হয়েছিলাম ছবি তোলার জন্য তবে এটা বুঝতে পারিনি যে মেয়েদের ছবি তোলা কতটা কঠিন। কোন ছবি তাদের পছন্দ হয় না। সে আমায় বলল

কোন ছবিটা সব থেকে ভালো এসেছে বলতো?

আমি – এই ছবিটা বেশ ভালো এসেছে।

লাবনী - ধুর তুমি কিছুই জানো না এটা ভালো হয়নি এটা ভালো হয়েছে।

সত্যি বলতে আমি বুঝতে পারছিলাম না কোন ছবিটা ভালো কোনটা খারাপ। কারণ সবগুলো ছবি আমার কাছে ভালো মনে হচ্ছিল কি জানি কোন যুক্তিতে তার কোন ছবি ভাল লাগছিল না। এভাবে যখন সন্ধ্যা ঘনিয়ে এলো আবার আমরা ফিরে এলাম আমাদের হোটেলে হোটেলে। সেদিন রাতেও নিয়মমাফিক খাওয়া দাওয়া করে, ঘুমিয়ে পড়লাম কারণ পরের দিন আমাদের জলদাপাড়া যাওয়ার কথা ছিল। পরের দিন সকালে উঠলাম রওনা হলাম সবাই মিলে জলদাপাড়ার উদ্দেশ্যে, সেদিন কোনো কারণবশত লাবনীর পাশে বসা হয়নি আমার। রোহিতের পাশে

বসে আমার ভাল লাগছিল না। কিছু ফাঁকা ফাঁকা মনে হচ্ছিল। প্রায় অর্ধেক রাস্তা যাওয়ার পর আমি রোহিতকে উঠে বললাম,

যা তুই লাবনি কে গিয়ে বল যে লাবনীর সিটটাতে তুই বসবি।

রোহিত- কেন ভাই আমি তোর পাশে বসে আছি বলে তোর কোন সমস্যা হচ্ছে নাকি?

আমি- না না কোন সমস্যা হচ্ছে না তবে লাবনীর পাশে বসলে একটু ভালো মনে হতো আমিসোজা গিয়ে বলতে পারব না তুই একটু হেল্প করে দে না প্লিজ ভাই!

রোহিত-
হ্যাঁসারাটাজীবনতোআমারঘাড়েবন্দুকরেখেগুলিচালিয়েআসলি।

প্রণজিত অবশেষে উঠে গিয়ে লাবনীকে বলল,

লাবণীতোর জায়গাটাতেআমিবসিতুইকিএকটুদেবোরপাশেবসনা।

লাবনী তার কথায় আর কোন প্রশ্ন করল না চুপচাপ সেখান থেকে উঠে এসে আমার পাশে এসে বসল। আর বলল,আমি জানি রোহিতকে তুমি পাঠিয়েছো। তবে যাইহোক ভালোই হয়েছে আমার খুব অস্বস্তি হচ্ছিল, ওই মেয়েটার পাশে বসে, এত অহেতুক কথা বলছিল , উঠে আস্তে পারছিলাম না। আমি মনে মনে ভাবলাম যাক ভালই হয়েছে, এরপর শুরু হলো আবার আমাদের গল্প, বাসটা আলিপুরদুয়ার থেকে বেরিয়ে নিমতি হয়ে হ্যামিল্টন গঞ্জ নামে একটা ছোট্ট শহরের উপর দিয়ে পৌঁছে গেল জলদাপাড়া । আমরা

সবাই সেখানে তাড়াতাড়ি করে নেমে ওখানকার জঙ্গল সাফারি জিপ গুলোতে উঠে পড়লাম অনেক কিছু দেখতে পেলাম সেখানে হরিণ ময়ূর সাথে আকর্ষণীয় এক শিং ওয়ালা গন্ডার। গন্ডার টা দেখে লাবনী ভয়ে আমার হাতটা জোরে করে চেপে ধরেছিল, তখন কেন জানিনা আমার মনে হয়েছিল আমি প্রেমে পড়েছি সত্যি। গোটা জলদাপাড়া জঙ্গলে ঘুরে আমরা বেরিয়ে এলাম আলিপুরের উদ্দেশ্যে আবার। সেদিন রাতে ছিল আমাদের বাস দমদমে আসার। হোটেলে এসে নিজেদের ব্যাগ পত্র গুছিয়ে বেরিয়ে পড়লাম দমদম যাওয়ার উদ্দেশ্যে। বাসে উঠে দেখি লাবনীর পাশে রহিত বসে আছে, তবে রোহিতকে আমি কিছু না বলতেই রোহিত সেখান থেকে উঠে সেটা আমায় দিয়ে দিল, শ্রাবণী তখন মুচকি হাসলো। ব্যাপার গুলো সত্যিই খুব সহজেই হয়ে যাচ্ছিল। লাবনী পাশে বসলাম বাস ছাড়লো সময় তখন রাত আটটা। বাস ছাড়তে না ছাড়তে আমরা নিজেদের গল্পে মত্ত হয়ে পড়লাম। লাবনীর কথা শুনতে শুনতে আমি স্তব্ধ হয়ে তার দিকে তাকিয়ে ছিলাম, হঠাৎ লাবনী আমায় ধাক্কা দিয়ে বলল,

কি তুমি শুনেছ আমার কথাগুলো আমি যেগুলো বলছি তোমায়!

আমার মুখ দিয়ে ফট করে বেরিয়ে গেল,

আমি তো হারিয়ে গিয়েছিলাম তোমার চোখের দিকে তাকিয়ে।

বিষয়টা জানিনা কি হয়েছিল প্রচণ্ড স্তব্ধ হয়ে পড়েছিলাম, বাসের সকলেই ক্লান্ত হয়ে ঘুমিয়ে পড়েছিল শুধু আমি আর লাবনী একে অপরের চোখের দিকে তাকিয়ে মনের মধ্যে অনেক কথাই বলছিলাম, এভাবে কিছুক্ষণের মধ্যে কিভাবে তার ঠোঁট দুটো কিভাবে আমার ঠোঁটের কাছে খুব কাছে এসে পৌঁছাল, তা বুঝতে পারিনি। ঠিক সেই মুহূর্তে বাসে একটা ঝাকি লাগলো পরক্ষনেই তার ঠোঁটের সাথে আমার প্রশ্ন হল। বিষয়টা কেমন যেন একটা

হয়ে গেল সে ফট করে নিজের মুখটা ফিরিয়ে নিয়ে পাস ঘুরে ঘুমিয়ে পড়ল। আমার মনে হলো হয়তো আমার ভুল হয়েছে তবে কিছুক্ষণ পরে ভাবনাটা ভুল প্রমাণিত হলো, জানিনা ঘুমের ধান্দায় কিনা সে আবার পাশ করে আমার কাধে মাথা রেখে ঘুমাল। আমি তাকে একহাত দিয়ে কাদের পেছনদিকে ধরে রেখে ছিলাম। জানিনা কেন মনে হচ্ছিল সে খুব কাছের মানুষ। তবে যাইহোক কখন যে আমিও ঘুমিয়ে পড়লাম তা বুঝতে পারিনি। আমার ঘুম ভাঙ্গার পর, দেখি আমি তার কোলে মাথা দিয়ে ঘুমিয়ে আছি আর সে এক হাত দিয়ে আমার বুকের মাঝে চেপে ধরে আছে। আমি তার গায়ে কম্বল টা দিয়ে বাস থেকে নামলাম। দেখি পেছনে সেও নেমে পড়েছে, পরে একসাথে আমরা মুখ দিয়ে সকালে খাওয়া-দাওয়া টা সেরে ফেললাম। এরপর আবার বাস ছাড়লো মালদা থেকে সারাদিনে রাস্তা। তার সাথে গল্প করতে করতে কি হয়েছে সারাটা দিন পার হয়ে গেলো বোঝাই গেল না। কাল রাতের ঘটনাটি পর সম্পূর্ণ নিজের হয়ে গেল। রাতে কখন দমদম পৌঁছে গেলাম তা বুঝতে পারলাম না। সেখান থেকে সবাই নিজের নিজের বাড়ি ফিরল। এই আলিপুরে স্মৃতিটা এটা ইতিহাস হয়ে রয়ে যাবে মনের মধ্যে। কারণ যদি আমি এখানে না যেতাম তাহলে প্রকৃতির সৌন্দর্য টাকেও মিস করতাম সাথে এই ভালো মানুষ টাকেও পেতাম না।

2

দ্বিতীয় পরিচ্ছেদ

এরপর শুরু হল নিয়মমাফিক কথাবার্তা। প্রেম ভালোবাসা জানিনা কি ছিল তবে কোনো দিন সে আমায় এই বিষয়টা নিয়ে কোনো প্রশ্ন করেনি, আমিও যথারীতি এই বিষয়টি নিয়ে কোন প্রশ্ন করিনি। তবে দুজন দুজনের প্রেমে পড়ে গিয়েছিলাম এই কথাটা বুঝতে কারোর বাকি ছিল না। প্রায় যখন রোহিতের সাথে দেখা হতো, সে আমায় বলতো

ভাই তুমি তো ভালই খেলা খেলেছো,বিয়েটা কবে করছো তাহলে বল।

আমি প্রতিবারই তার কথা এড়িয়ে চলে যেতাম, এভাবে আমাদের সম্পর্কটা প্রায় দু বছর চলল। বিয়ের বয়স তো হয়ে গেছিল আমার সাথে তারও। তবে আমি যখনই তাকে জিজ্ঞাসা করতাম বিয়েটা কবে করছো তুমি বাড়িতে কি বলেছ? ও বারবার প্রশ্ন এড়িয়ে চলে যেত চাকরিটা পাই তারপরে বিয়ে করবো তোমায়! এভাবে আমার বাড়ি থেকে আমার ওপর অনেকটা চাপ আস্তে লাগলো। বিয়ের বয়স তো হয়ে গিয়েছিল তাই মা বাড়িতে ব্যাকুল আমাকে বিয়ে দেওয়ার জন্য। মাকে বললাম

আর একটা বছর সময় দাও লাবনী চাকরিটা পেলে বিয়ে করব!

তবে দু'মাসের মধ্যেই লাবনী একটি সুখবর দিল আমায়, তার নাকি চাকরি হয়ে গেছে, সে প্রচন্ড খুশি ছিল কারণ চাকরিটা হয়েছিল আলিপুরদুয়ারেই। তবে আমার মনে তো চাকরি পর খুশি থাকলেও মনটা খারাপ হয়ে গেছিল কারণ

সে যদি আলিপুরদুয়ার থেকে চাকরি করে তবে সে কিভাবে আমার সাথে বিয়ে করবে, আর বিয়ে করার পরে কি সে একা থাকবে? আমিওতো নিজের চাকরি ছেড়ে তার কাছে যেতে পারবো না, আর এটাও হবে না যে সে চাকরি ছেড়ে ও আমার কাছে আসবে। পাঁচ দিনের মধ্যেই তার জয়নিং ছিল। আমি তাকে দু'দিনের মাথায় জিজ্ঞাসা করলাম

তুমিতো চাকরির উদ্দেশ্যে চলে যাচ্ছ আলিপুরদুয়ারে, এত দূরের রাস্তা। কবে আবার দেখা হবে? আর আমাদের বিয়ের কথাটা?

সে আমায় উত্তরে বলল,

তুমি তো বাড়ি থেকে এক বছর সময় নিয়েছ। আমি ওখানে গিয়ে কয়েক মাস চাকরি করার পরে, ওখান থেকে দমদম এর জন্য ট্রান্সফার নিয়ে নিবো চিন্তা করো না।

আমি তার কথায় রাজী হয়ে গেলাম। শেষ তিনটে দিন তার সাথে সময় কাটালাম। তাকে নিজের হাতে রান্না করে খাওয়ালাম। নিজের লেখা অনেক কটা গান শোনালাম। এমন অনেক কিছুই। তবে সেই ৭২ ঘন্ট সত্যি এক নিমিষের মধ্যে পার হয়ে গেল। সে চলে গেল আলিপুরদুয়ারে। এরপর নিয়মমাফিক তার সাথে ফোনে

কথা হত, তবে তার কাজের চাপ এত ছিল যে সারাদিন কথা হতো না বললেই চলে, কথা হওয়ার সময় ছিল রাতে। তবে সারাদিন তারাতো খাটাখাটনির পর সে যখন রাতে আমার সাথে কথা বলতো আমি বুঝতে পারতাম সে ক্লান্ত হয়ে পড়েছে। তাই আমিও তার বেশি সময় নিতাম না নিজের চাওয়া পাওয়া গুলোকে নিজের কাছে জমিয়ে রাখতাম। এভাবে প্রায় এক মাস কেটে গেল। কেউ একজন বলেছিল

কোন নতুন অভ্যাস শিখতে অথবা কোন পুরনো অভ্যাস ছাড়তে ৩১ দিন সময় লাগে।

হয়তো আমাদের ক্ষেত্রেও তাই হয়েছিল। সম্পর্কটা কি হবে আবছা হয়ে যাচ্ছিল তা ধরা যাচ্ছিলোনা। ধীরে ধীরে কথা বলা কমতে লাগলো। এভাবে প্রায় ছয় মাস কেটে গেল, প্রায় যখন তাঁকে রাতে ফোন করতাম, ফোন ব্যস্ত পেতাম, আর সেই ব্যস্ততার পর্ব চলত রাত বারোটার পর অব্দি। যদি কখনো জিজ্ঞাসা করতাম

কে ফোন করেছিল তোমাকে?

সে আমাকে প্রতিদিন একই উত্তর দিত, ফোন করেছিল নাকি তার অফিস কলিক। এই নিয়ে টুকটাক আমাদের মধ্যে প্রায় কথা কাটাকাটি হতো, একদিন আমি বলেই বসলাম-

রোজ রোজ কিসের কথা এত কলিগের সাথে।

সে উত্তরে বলল-

ছি দেবো আমি কোনদিনও ভাবিনি' তুমি আমায় সন্দেহ করবে!

তখন মনে হলো হয়তো এটা আমারই ভুল হয়তো সত্যি তার অফিস কলিগ ই তাকে ফোন করে কোন কাজের সূত্রে। কিন্তু পরের দিন সে আমায় সময় দিল না। এরপর টানা এক মাস একেবারে দু-তিন দিন পর পর কথা হতো। আমি চিন্তায় মগ্ন হয়ে পড়েছিলাম আসলে ব্যাপারটা কি হচ্ছে, খুব রাগ হতো মনে মনে। তবে করার কিছু ছিল না। একদিন আমি তাকে বললাম বিয়ের ব্যাপারটা কি ভেবেছো, সে উত্তরে আমায় বলল,

আরও তো ছয়টা মাস আছে, আর তোমার রূপ ভংগী দেখছি, তুমি এখনই আমার সাথে এমন করো বিয়ের পরে যে কি করবে?

আমি – এমন করার কিছুই নেই, সত্যিই তো কথা হয়না আমাদের মাঝে আমার কি কথা বলতে ইচ্ছে করেনা আমি কি তোমার উপর অধিকার দেখাতে পারি না?

লাবণী – অধিকার! কেন অধিকার দেখাবে? এ পৃথিবীতে কারোর অধিকারের উপর কেউ হস্তক্ষেপ করতে পারে না, বিয়ের আগে বা বিয়ের পরে সবাই স্বাধীন কথাটা মাথায় ঢুকিয়ে নিও। আমার তো মাঝে মাঝে মনে হয় তোমার সাথে কথা বলাটাই ভুল হয়েছে।

বলে ফোনটা রেখে দিল। আমি প্রতিবার নিজেকেই ভুল ভাবতাম তবে আর নয়, দুদিন পর রওনা হলাম আলিপুর উদ্দেশ্যে। রাস্তা দিয়ে যখন যাচ্ছিলাম সেই পুরনো স্মৃতিগুলো মনের মধ্যে বারবার করে কড়া নাড়ছিল। আমি খুব আনন্দে ছিলাম তার সাথে দেখা করব আর তাকে সারপ্রাইজ দিবো। মনে মনে ভাবতে লাগলাম, আমাকে দেখে তার প্রতিক্রিয়া কেমন হবে, হয়তো সে আনন্দে দৌড়ে এসে জড়িয়ে ধরবে আমাকে, এ মনে অনেক ভালো ভালো

ভাবনা মাথায় ঘুরছিল। টানা ১৪ ঘন্টা লাগলো আলিপুরদুয়ার পৌঁছাতে। তাড়াতাড়ি করে ট্রেন থেকে নেমে তার জন্য একটা ফুলের তোড়া এক বাকশো চকলেট আর তার পছন্দের কিছু জামাকাপড় কিনে নিলাম। রওনা হলাম তার আলিপুরের ভাড়া বাড়ির পথে। তবে শান্তিপাড়া পৌঁছে জানতে পেলাম লাবণী নাকি আর সেই বাড়িতে থাকে না, আমি অবাক হয়ে গেলাম সে বাড়ি পাল্টে নিয়েছি কিন্তু আমাকে জানালো না। ঘটনাটা কি তা বুঝতে পারলাম না। এরপর রওনা হলাম তার অফিসের দিকে, সেখানে গিয়ে শুনি সে নাকি আর সেই অফিসে কাজ করে না অন্য একটা কোম্পানিতে চাকরি পেয়েছে সেখানে নাকি সে কাজ করছে এখন। কোন কোম্পানিতে চাকরি পেয়েছে জানতে চাইলে, কেউ সেটার উত্তর দিতে পারল না সবাই বললো যে তাহলে জানা নেই। এরপর না পেরে আমি তোকে ফোন করলাম,

হ্যালো কোথায় আছো তুমি এখন?

লাবণী- অফিসে আছি, পরে কথা বলছি!

আমি - তোমার অফিসের ঠিকানাটা কোনটা একটু জানতে পারি?

লাবণী - জানোই তো সব! তোমাকে তো বলেছি আলিপুরদুয়ার কোর্টের উল্টো পাশের গলিতে।

আমি – আচ্ছা ঠিক আছে! রাখি পরে ফোন করো।

অবাক করার বিষয়টি ছিল, আমি কোর্টের উল্টো পাশের গলিতেই দাঁড়িয়ে ছিলাম। তবে সেখানে যে অফিসটা ছিল ওখানে লাবণী আর কাজ করে না। সে আমায় মিথ্যা কথা বলল কেনো আমি বুঝতে পারিনি। মনের ভিতর একটা অজানা ভয় চলছিল, ঠিক বলতে পারব না ভয়টা কিসের ছিল তবে হ্যাঁ যে অনুভূতিটা হচ্ছিল সেটা খুব খারাপ ছিল। আমি আলিপুরদুয়ারে প্রথমবার এসে যে হোটেলে ছিলাম সেই হোটেলে একটা রুম নিলাম। এক প্যাকেট সিগারেট প্রায় এক ঘণ্টার মধ্যেই শেষ হয়ে গেল। কিছু তেই নিজেকে বোঝাতে পারছিলাম না কি করে সম্ভব এমন হওয়াটা তো উচিত ছিলো না। আমি দুপুর বেলায় বেরিয়ে পড়লাম গোটা আলিপুর দুয়ার চৌপতি থেকে ডি. আর. এম. পর্যন্ত প্রায় সব বেসরকারি অফিসে ঘুরে নিলাম কিন্তু কোথাও তার খবর পেলাম না। রোহিত কে ফোন করে সব ঘটনা বললাম রোহিত আমায় বললো

" একটা কাজ কর তুই ওকে আজকে রাতে ফোন করে বল তুই আসবি! বলবি না তুই এসেছিস বলে!"

আমি তার কথা মতোই রাতে লাবণী কে ফোন করলাম ,

হ্যালো....

শ্রাবণী – হ্যাঁ বলো! কি বলবে তাড়াতাড়ি বলো সময় নেই ,

আমি – সময় নেই মানে! কেনো সময় নেই?

শ্রাবণী - কি বলার আছে তাড়াতাড়ি বলবে! না ফোনটা রাখবো?

আমি – আচ্ছা শোনো আমি আলিপুর দুয়ার আসছি!

বলতে না বলতেই সে ফোন টা রেখে দিলো, আমি অবাক হয়ে পড়লাম। হচ্ছে টা কি, ব্যাপার টায় কোনো বড়ো ঘটনা জড়িয়ে আছে।

এরই মধ্যে ফোনে আমার একটা মেসেজ আসলো, যেখানে লেখা

তুমি পারলে আমাকে ভুলে যাও, আমি সব সম্পর্ক মুছে ফেললাম তোমার সাথে আজ!

আমি সাথে সাথে তাকে ফোন করলাম কিন্তু ফোন ছিল সুইচ ওফ। কি হলো কি ভাবে হলো কেনোই বা হলো কিছু তো বুঝতে পারলাম না। আমি অনেক গুলো মেসেজ করলাম কিন্তু কোনো উত্তর আসলনা। এর পর সম্পূর্ণ ভাবে ভেঙ্গে পড়েছিলাম। এক বোতল উইস্কি একাই পিয়ে ফেললাম। নেশায় মত্ত হয়ে পড়েছিলাম, সেই নেশাচ্ছন্ন অবস্থায় আবার তাকে অনেক রাত অব্দি কল করছিলাম । পরের দিন সকালে চোখ খুললো দেখি আমি ঘরের দরজায় ঘুমিয়ে আছি। উঠে ঘরে গিয়ে বাথরুমে গিয়েই মুখটা ধুলাম, আর চিৎকার করে কান্নায় ভেঙে পড়লাম। আমি সত্যি বলতে কিছুই বুঝতে পারছিলাম না। ভাবলাম একবারণে যাই, পরক্ষণেই মা বাবার ছবিটা চোখের সামনে ভেসে উঠলো। সেদিন সকালেই গাড়ি ধরে রওনা হলাম দম দমের উদ্দেশ্যে। গোটা রাস্তা তার সাথে কাটানো স্মৃতি আমার মনের মধ্যে এত জোরে জোরে আঘাত করছিল, কিন্তু চিৎকার করে কাঁদতে পারছিলাম না। শুধু একটা জ্যান্ত লাশের মত গাড়িতে বসেছিলাম আর চোখ দিয়ে অনবরত জল পরেই যাচ্ছিল। আমি বাড়ি ফিরে মা কে তেমন কিছুই বলিনি। সব ঘটনা সব কিছু কাকে বলব বুঝতে না পেরে সব ঘটনা শুধু ভুলে যাওয়ার চেষ্টা করছিলাম। ঘুমের ওষুধ ছাড়া ঘুম

আসতো না , মাঝে মধ্যে আবার 2 টা ওষুধ খেয়ে ফেলতাম। আমি আমার পুরনো নম্বর টাও পাল্টে ফেলে ছিলাম। পুরনো কোনো স্মৃতি আমি মনে রাখতে চাইছিলামনা! মা আমার পরিবর্তন দেখে আমাকে এক দিন বলেও ছিলো-

তুই কেমন যেনোহয়ে যাচ্ছিস? লাবনীর সাথে কথা বলিস না?

আমি – কে লাবণী মা ? চিনিনা আমি এমন কোনো লাবণী কে !

মা – ঝগড়া হয়েছে!

আমি – আরে চিনি না বলছি বুঝতে পারছো না!

মা সেখান থেকে বেরিয়ে গেলো। মা বাবার বয়স হয়েছিল, তাদের শেষ ইচ্ছে ছিল আমার বিয়ে টা দেখেই যাবে। তবে আমার বিয়ে করার বিন্দু মাত্র ইচ্ছে ছিলোনা। কয়েকটা দিন পর রোহিত আসলো আমার বাড়িতে বললো

ভাই হয়েছে টা কি?

আমি সব ঘটনা একের পর এক বলার পড়ে সে আমায় বললো,

তুই লাবণী কে একটা ফোন তো কর! ঘটনাটা শোন, পারলে ক্ষমা চেয়ে নিবি!

আমি ইচ্ছে না থাকা সত্ত্বেও লাবনীর নম্বরে ফোন করলাম। সময়টা ছিল দুপুর বেলা, ফোনটা তোলার সাথেই চোখে জল চলে আসলো আর বললাম,

হ্যালো লাবণী...!হ্যালো... ! আমি দেবো বলছি,কি হয়েছে গো? এত রাগ কেনো করছো তুমি?

ওপাশ থেকে এক জন বললেন,

দেবো.....!আচ্ছা! আমি লাবনীর বাবা বলছি,লাবনীর বাসি বিয়ে মাত্র শেষ হলো, ওএকটু ব্যস্ত আছে। তবে এখন ব্যস্তই থাকবে আর ফোনে করে লাভ হবে না।

আমার হাত থেকে ফোনটা পড়ে গেল। আমি পুরো ভেঙ্গে পড়লাম। শেষ হয়ে গেলো সব কিছু এক নিমিষে । আমি আর কিছু বলার সাহস পেলাম না বাড়িতে শুধু এটুকুই বললাম আমি বিয়ে করতে পারবো না। আমি আর বিয়ে করলাম না এই ভাবে কেটে গেলো প্রায় ৫ বছর ।

3
তৃতীয় পরিচ্ছেদ

৫ বছরে অনেক কিছু পাল্টে গিয়েছিল। মায়ের হার্টের সমস্যা ছিলো হটাৎ একদিন সে দেহ ত্যাগ করে ও তার কয়েক মাস পরেই বাবাও আমায় ছেড়ে চলে যায়। মনের ভেতর লাবনীকে হারানোর কষ্ট ছিল তার সাথে একটা কষ্ট মা বাবার মনের স্বপ্ন পূরণ করতে পারলাম না। তারা শুধু চেয়েছিল আমার বিয়েটা দেখে যাবে কিন্তু হয়তো আমারই গাফিলতির জন্য তাদের স্বপ্নটা পূরণ হলো না। স্বপ্নদোষ সবাই দেখে কিন্তু বাস্তবতার পাঠ মা শেখায়। কোন একদিন আমায় মা বলেছিল

ভালোবাসার মানে তারাই বুঝবে যারা জীবনে কাউকে হারায়, কারণ না পাওয়ার কষ্ট, পাওয়ার মর্ম কে আরো বাড়ায়।

প্রতিনিয়ত প্রতিক্ষণে হারিয়ে যাওয়া প্রত্যেকটি মানুষের নাম গুলো বুকের ভিতর ক্ষত সৃষ্টি করছিল। তবে জীবনের নিয়ম অনুযায়ী এগিয়ে যাওয়াটাই সবথেকে বেশি গুরুত্বপূর্ণ। সে সময় অনেক বন্ধু-বান্ধবের পাশে পেয়েছিলাম তারা সবাই অনেক বুঝিয়ে ছিলো। তবে যে যতই বোঝাক না কেন, মন তো একটা জায়গাই দাঁড়িয়ে ছিল,, জীবনে যে মানুষগুলো সবচেয়ে বেশি ভালোবেসে ছিলাম

তাদের মধ্যে কেউ আজ আমার কাছে নেই। এভাবে প্রায় আরো তিন মাস কেটে গেল। হঠাৎ একদিন কোম্পানি থেকে ফোন আসলো,

আপনাকে আলিপুরদুয়ার যেতে হবে, সেখানে আমাদের যে ব্রাঞ্চ টা আছে, ওখানে নতুন আমলা নিয়োগ হবে, আপনাকে গিয়ে তাদের ইন্টারভিউ নিতে হবে!

সত্যি বলতে মন থেকে আমার একদম যাওয়ার ইচ্ছে ছিল না, আবার সেই আলিপুরদুয়ার। যেখান থেকে এসব ঝামেলার সৃষ্টি। কিন্তু কি করা যাবে যেতেই হত। কিছুই করার ছিলনা কোম্পানি কথা মতো বেরিয়ে পড়লাম আলিপুরদুয়ারের উদ্দেশ্যে। টানা 14 ঘন্টা জার্নির পর আলিপুরদুয়ার পৌছালাম। কোম্পানির ঠিকানা অনুযায়ী চলে গেলাম তাদের বুক করা হোটেলে। সেখানে সারাদিন বিশ্রাম নিলাম রাতে ঘুমিয়ে পরের দিন ইন্টারভিউ নিতে চলে গেলাম। যথারীতি অফিসের কাজকর্ম শেষ করে সেদিন রাতে ফেরার কথা, কিন্তু ঠিক সন্ধ্যা নাগাদ অফিস থেকে ফোন করে বলল

আজ আপনার ফিরতে হবে না, কারণ তিন দিন পর আবার নতুন একটা ইন্টারভিউ নিতে হবে , তাই তিন দিন পর কি আবার যাবেন, আপনি থেকে জান, তিন দিনের ব্যাপার।

আমার কাছে কোন অজুহাত ছিল না কারণ আমি ছিলাম সবথেকে প্রিয় এমপ্লয় অফিসের। সবাই বেশ ভরসা করত আমার উপরে, কারণ কাজ দেখে ভয় আমি কখনই পাইনি, হঠাৎ যদি আজ আমি বলি যে আর আমার আলিপুরদুয়ার থাকতে ইচ্ছে করছে না, তাহলে বিষয়টা আমার কাছে লজ্জাজনক হয়ে উঠবে। তাই আর কি করবো থেকে গেলাম। শুনেছিলাম আলিপুরদুয়ার পার্কস্ট্রিট রোডে নাকি খুব দারুণ মম পাওয়া যায়, তাই সন্ধ্যাবেলা হাঁটতে হাঁটতে মম খাবার জন্য উপস্থিত হলাম পার্কস্ট্রিট রোডে। রেস্টুরেন্টে ঢুকে এক মম অর্ডার করলাম। যাই হোক না কেন আলিপুরদুয়ারের মোমোর একটা ব্যাপারে ছিল আলাদা। দক্ষিণবঙ্গে এমন মম পাওয়া যায় না একথা অনস্বীকার্য। যথারীতি পার্ক স্ট্রিট রোড থেকে মম খেয়ে বেরিয়ে পড়লাম হোটেলের উদ্দেশ্যে। পায়ে হেঁটে যাচ্ছিলাম বটে, রাস্তায় হঠাৎ চোখে পড়ল একটা মেয়ের, মেয়েটি অবিকল লাবনীর মতন দেখতে। আমি তেমন একটা গুরুত্ব দিলামনা বিষয়টাকে। রুমে ফিরলাম একটা উল্কি নিলাম, সে রাতেই একাই বসে বসে

পুরো বোতল টা শেষ করে ফেললাম। চোখ ঝিমঝিম শরীরে শিহরণ, মনে পড়তে লাগলো এক এক করে, পুরো ঘটনা গুলো। একটা ওয়েব সিরিজের মধ্যে চলছিল ঘটনাগুলো আমার চোখের সামনে। তাই আমি চেয়েও ধরতে পারছিলাম না বাস্তব কোনটা আর কোনটা কাল্পনিক কথা। ঘুমিয়ে পড়লাম আবার। পরের দিন সকালে কেন মনে হল একবার গিয়ে আলিপুরদুয়ারের সেই গরম বস্তিটা ঘুরে আসা যায়। একাই বেরিয়ে পড়লাম সেই গরম বস্তির উদ্দেশ্যে। প্রায় সবকিছু একি ছিল,পাঁচটা বছরে কিছুই পাল্টেনি আলিপুরদুয়ারের। পাল্টানোর মধ্যে ছিল শুধু আমার জীবনটা। তবে যাই হোক সারাদিন সেই নদীর পাড়ে কাটিয়ে আবার ফিরে আসলাম বিকেলে। এবারে আবার মম খেতে চলে গেলাম সেই পার্কস্ট্রিট রোডের রেস্টুরেন্টে। এরপর আলিপুরদুয়ার একটি বড় রেস্টুরেন্ট বঙ্গভূমি নাম সেখানে চলে গেলাম। সেখানে রাতের খাওয়া-দাওয়া সেরে যখন বের হচ্ছিলাম তখন আবার চোখের সামনে দিয়ে মনে হল অবিকল লাবনী মতন দেখতে একটি মেয়ে আর পাশ কাটিয়ে বেরিয়ে গেল। আমি ভাবলাম হয়তো আমি বেশি ভাবছি লাবনী কথা তাই প্রায় সবাইকে লাবনী মতন দেখতে লাগছে। যাই হোক তার পর নিয়ম মাফিক বেরিয়ে পড়লাম আবার হোটেলের উদ্দেশ্যে। অনেক পুরনো কথা আবার বৃষ্টি হয়ে নেমে পড়ল আমার বুকের পাজরে। কিন্তু কি করা যাবে, কপালে নাই ঘি ঠকঠকালে হবে কি। পরের দিন আলিপুরদুয়ার এজি অফিস তাতে ইন্টারভিউ দিতে গিয়েছিলাম, সেখানকার এক কলিগের জন্মদিন ছিল, আমায় অফিসে সেই ব্রাঞ্চ থেকে ফোন করে আর নিমন্ত্রণ করে। দুপুরবেলায় খাওয়া দাওয়ার আয়োজন ছিল । সেই পার্কস্ট্রিট রোডের পাশে একটা কেকের দোকান ছিল। কথামত আমি সেখানে গেলাম। অনিক আমায় বলল,

স্যার আপনাকে 1 ঘন্টা অপেক্ষা করতে হবে ততক্ষণ বসে আপনি আপনার কফিটা ইনজয় করুন!

এক কাপ কফি নিয়ে টেবিলে বসে পরলাম। ফোন ঘাটতে ঘাটতে পাশের দুটো টেবিল পরের টেবিলে চোখ পড়লো, প্রথমে মনে হলো এটা কোনো ভ্রম কিন্তু সেটা কোনো ভ্রম ছিল না সেটা সত্যিই লাবনী ছিল। পরক্ষণেই যখন একজন দোকানের কর্মচারী এসে তাকে বলল

ম্যাম আপনি একটু বসুন আপনার কেকটা আর কিছুক্ষণের মধ্যে

রেডি হয়ে যাবে।
আমি পাশের টেবিল থেকে তার দিকে তাকিয়েই যাচ্ছিলাম। কিন্তু দু এক বার তাকাতেই তার চোখটাও আমার ওপর এসে পড়েছিল। সে হতভম্ব হয়ে চোখ টা সরিয়ে নিল। আমি অন্য কিছু চিন্তা না করে তার সামনে এগিয়ে গেলাম। সে দেখতে এক ফোঁটাও পাল্টায়নি, শুধু পাল্টানোর মধ্যে ছিল, তার কপালে সিঁদুর আর হাতে শাখা পলা। তার সামনে এসে দাড়িয়ে তাকে জিজ্ঞেস করলাম,
আমি এখানে বসতে পারি?
সে কোন উত্তরই দিলো না আমায়, তবে আমি তার উত্তরের অপেক্ষা না করে তার পাশের চেয়ারটাতে বসে পড়লাম আর বললাম

তোমার পাশে বসতে এখন অনুমতি চাইতে হচ্ছে, তাও সেই অনুমতিতে সম্মত পেলাম কিনা বুঝতে পারলাম না। কেমন আছো?
লাবণী - ভালো !
আমি - জানতে চাইবে না আমি কেমন আছি?
লাবণী - হ্যাঁ ..... কি মানে... কেমন চলছে তোমার, সব ঠিকঠাক?
আমি – চলছে।
লাবনী – হম....

ঠিক সেই সময় টা কিছুক্ষণের জন্য স্তব্ধ হয়ে গেল, মনে পড়ে গেল সেই প্রথম আলিপুরদুয়ারে এসে তার সাথে হোটেলে প্রথম কথা গুলো।

আমি - এখানে কোন কাজে এসেছ?
লাবনী - হ্যাঁ আমার বাচ্চার জন্মদিন। ওর কেক নিতে এসেছিলাম।
আমি – বাহ... তোমার বেবিও হয়ে গেছে! কংগ্রাচুলেশন!

লাবনী – ধন্যবাদ!
আমি – বাচ্চার বয়স কতো?
লাবনী – আমার ছেলের বয়স চার।

আমি অবাক হয়ে তার দিকে তাকিয়ে একটু হাসলাম। আর বললাম

আমি - আচ্ছা তোমার কি আমাদের সেই পুরোনো দিনগুলোর কথা মনে পড়ে?
লাবনী – না!
আমি - কখনোই না?
লাবনী - মেয়েদের অতীত থাকতে নেই। মেয়েদের থাকে বর্তমান আর ভবিষ্যৎ। আর বিয়ের পর মেয়েদের সংসার বর্তমান আর সংসার টাই ভবিষ্যৎ।
আমি - সেই সংসার থাকলে আমারও থাকার কথা ছিল লাবনী!

এর পরই ফোনটা বেজে উঠলো। তার ছেলে হয়তো তাকে ফোন করেছিল। সে বলল

"আর অল্প একটু সময় অপেক্ষা করো চলে আসছি! ততক্ষণ তুমি তোমার বাবার সাথে খেলো।"

কথাটি বলে সে ফোন রাখল! কিছুক্ষণ তার চোখের দিকে তাকিয়ে নিস্তব্ধ হয়ে রইলাম।

আমি - এভাবে আমার জীবন থেকে হারিয়ে গেলে? এক বার কারণ বলে যেতে পারতে!
লাবনী – কারণ! কি বলতাম তোমায়? আমার কাছে বলার মত কিছুই ছিলনা।
আমি - আমার কি কোনো দোষ ছিল?

সে এই প্রশ্ন শুনেই মুখটা অন্য দিকে ফিরিয়ে নিলো। তারপর আবার আমি প্রশ্ন করলাম,

আমি - তুমি সেদিন কল ধরনি কেন?
লাবনী - কি করে ধরতাম, আমাদের সম্পর্কটা তো কোনো ভবিষ্যৎ ছিল না।
আমি - কেন সবই তো ঠিক ছিল, তুমিতো ধীরে ধীরে কথা বলা বদলে গেলে!
লাবনী – সেটা ছাড়া আর কোন উপায় ছিল না আমার কাছে।
আমি – তাহলে এটাই বলা চলে দূরে চলে যাওয়ার সিদ্ধান্ত তোমারই ছিল!
লাবনী - হ্যাঁ সেটা বলতে পারো।
আমি - একটু পরিষ্কার করে বলবে কারনটা কি ছিল?
লাবনী – কি আর পরিষ্কার করে বলবো! আমার বাড়ি থেকে আমার বিয়ের জন্য খুব জোর করছিল!
আমি – কেন আমি কি তোমায় বিয়ে করতাম না ?
লাবনী – তোমার কথা আমার বাড়ির লোকের কাছে বলার মত আমার মুখ ছিলনা।
আমি – কেনো ? আমি কি এতটাই নীচ ? নাকি আমার চরিত্র এতটাই খারাপ যে আমার কথা বাড়িতে বলা যাবে না?
লাবনী – চরিত্র! এটাই তো আসল, জীবনে, জানতে অজান্তে মানুষ অনেক ভুল করে,
আমি – শেষ বারের মত বলো, একটু পরিষ্কার করে বলো!

লাবনী – আমি যে ভুল করে বসেছিলাম! Infatuation শব্দ টা আগে শুনেছ ? যেটার মানে কিছু দিনের ভালোলাগা, আর এই কিছু দিনের ভালো লাগাতে আমি অনেক বড় ভুল করে বসেছিলাম, পড়ে যতক্ষণে আমি নিজের ভুল বুঝতে পেরেছি ততক্ষণে আমি তার সন্তানের মা হতে চলেছিলাম।
আমি নিস্তব্ধ হয়ে গেলাম। পায়ের নীচ থেকে মাটি সরে যাওয়ার মতোই একটা অবস্থা। চোখ দিয়ে জল গড়িয়ে এলো, মনটাকে কোনো রকমে শান্ত করে, তাকে জিজ্ঞাসা করলাম,
আমি – তুমি যদি সত্যি নিজের ভুল বুঝতে পেরেছিল, তবে তুমি আমায় জানাতে পারতে। শেষ একটা প্রশ্ন করবো ?
লাবনী – আর কি জানতে চাও? সব বলেই তো দিলাম। এর পর যদি তুমি আমায় চরিত্র হীন হিসেবে পরিচিতি দেও তাতে আমার কোনো আপত্তি নেই, কারণ ভুলটা আমিই করেছিলাম।
আমি – না! আমি তোমায় চরিত্রহীন নাম টা দেবো না কখনো! তোমার জীবন, তুমি বলেছিলে সবার জীবনে নিজের স্বাধীনতা থাকে। তবে শেষ প্রশ্নটা হলো, তোমার কেনো মনে হয়েছিলো যে তুমি ভুল করেছো?
লাবনী – সেই কথা গুলো.................
কথাটা লাবনী পুরো করতে না করতেই ওয়েটার এসে তাকে বলল, ম্যাডাম আপনার কেকটা রেডি।
লাবনী উত্তরে বললো,
ওহ! ধন্যবাদ, ওটা গাড়িতে নিয়ে রেখে দিন।
বলেই লাবনী সেখান থেকে বেরিয়ে চলে গেলো। আমি কিছু বলার সুযোগ পেলাম না। তবে ওয়েটার কে দার করিয়ে কেকটায় নামটা দেখলাম! ওখানে লেখা
"দেবো"

সে হয়তো এটা ঠিকি বলেছে, মেয়েদের অতীত থাকতে নেই. কিন্তু সেটার পরও যে অতীত আমাদের পিছন ছাড়তে পারেনা তা স্পষ্ট হয়ে গেছিলো।

"কিছু শব্দ প্রকাশ পায়না
শব্দের বাস্তবতা তার কারণ।

হাজার কষ্টেও আজ
মন খারাপ করা বারণ।"

বন্ধুরাও ছোট বয়সে ছেড়ে চলে গিয়েছিল। কারণ আমি অন্য দের মত টাকা খরচ করতে পারতাম না বলে, ফুর্তি করার বয়সে ধৈর্য ধরতে শিখেছিলাম, প্রথম চাকরি থেকে বের করে দিয়েছিল, একটা মিথ্যে অপবাদ দিয়ে, একটা মেয়ে কে ভালবেসে ছিলাম সেও আমাকে ছেড়ে চলে গেলো, মা বাবার স্বপ্ন ছিলো আমার বিয়েটা তারা দেখে যাবে, সেটাও পূরণ করতে পারিনি। জীবনে মূল্যবান ঘটনা গুলোর প্রতিটিতে মুখ থুবড়ে পড়েছিলাম। তবে মানুষ এর জীবনে আগে কি হয়েছে সেটা ভাবলে চলে না। বর্তমান ঠিক হলে, অতীতের কথা মনে থাকেনা বললেই চলে। তাই সেদিনই সিদ্ধান্ত নিয়ে ফেললাম যদি লাবনী বিয়ে করে সুখে থাকতে পারে তবে আমি কেনো পারবো না, আমিও বিয়ে করে নেবো। আমার এত গুলো বন্ধুর মাঝে এই রোহিত ছিল একটাই বন্ধু, যে আমার জীবনে প্রতিটা খারাপ ভালো মুহূর্তেই আমার পাশে দাঁড়িয়েছিল! আমার প্রিয় মানুষ গুলোর মধ্যে এক জনই ছিল আমার সাথে তখন সেটা হলো রোহিত। তাকেই জানালাম, আমি বিয়ে করতে চাই পাত্রী দেখে রাখো।

রোহিত কথা মত পাত্রী খুজেতে লেগে গেলো। বেশ কয়েকজনের ছবি দেখার পর এক জন কে পছন্দ হলো, তার নাম ছিলো সৌমিশ্বেতা। রোহিত তাদের পরিবারের সাথে কথা বলে আমাকে জানালো মেয়েটার বাড়ি আলিপুর দুয়ারে। প্রথমে আলিপুরদুয়ার শুনে আমার একটু ইতস্তত বোধ হলেও, আমি রাজি হয়ে গেলাম। বিয়ের কথা বার্তা ঠিক হয়ে গেলো। এক মাসে মধ্যেই বিয়ে টা ঠিক হয়ে গেলো। রোহিত আমার বিয়ের সব দায়িত্ব নিয়ে নিলো। আসলো বিয়ের দিন। বরযাত্রী নিয়ে রওনা হলাম আলিপুদুয়ারের উদ্দেশ্যে। আলিপুর পৌঁছে বিয়ে আসরে পৌঁছে বিয়েতে বসে

পড়লাম। নিয়ম নীতি মেনে বিয়েটা হয়ে গেলো সে রাতে। পরের দিন বাসি বিয়ে, সবাই উপস্থিত, অগ্নি কে সাক্ষী রেখে সৌমিশ্বেতার কপালে সিঁদুর পরিয়ে দিলাম। ঠিক সেই সময়টায় চোখটা সামনে চেয়ারে বসা একটা বিধবা মহিলার ওপর পড়লো, মহিলাটি আর কেউনা সেটা ছিল লাবনী। আমি আবার কিছু ক্ষণের জন্য নিঃশব্দ হয়ে পড়লাম। সৌমিশ্বেতার চোখে যখন পড়লো আমি বিধবা মেয়ে তার দিকে তাকিয়ে আছি সে আমার অল্প ধাক্কা দিয়ে চোখ দিয়ে ইশারা করে বললো, কি দেখছো? উত্তরে আমিও ইশারা করে দেখলাম উনি কে ? তখন সৌমিশ্বেতা বললো,

আমাদের পাড়ার বৌদি, কিছু মাস আগে তার বড় পথ দূর্ঘটনায় মারা গিয়েছে।

আমি – ইস...

সৌমিশ্বেতা –বৌদির বাপের বাড়ি দমদেই,

পন্ডিত মশাই বলে উঠলেন কথা পরে বলো! চুপ চাপ বিয়ে টা সেরে উঠলাম, লাবণী কাছে আসলো একদম অচেনা একটা মানুষ এর মতো আমায় আর সৌমিশ্বেতাকে শুভেচ্ছা জানালো। সেই মুহূর্তে আমার মনে হলো হয়তো আমার বিয়ে করাটা ভুল হয়ে গিয়েছে, আর কিছু মাস অপেক্ষা করলে তার জীবন তাকে আবার রঙিন করে তুলতে পারতাম। তবে পরক্ষণেই ধারণা বদলে গেলো, আসলে এই পৃথিবী কারো জন্যে থেমে থাকে না। হয়তো আমি অনেকটা সার্থপর হয়ে পড়েছিলাম সে সময়টা। কারণ তখন শুধু নিজের কথাই ভেবেছিলাম। বিয়ে করে চলে এলাম নিজের বাড়ি। তার ২ দিন পর বৌভাত। সব অনুষ্ঠান শেষ, করার পর এক দিন সকালে রোহিত আর আমি বসে আছি গল্পঃ করছি, রোহিতকে আমি লাবনীর কথা বলছিলাম সে আমাদের বিয়েতেও এসেছিল এরই মাঝে সৌমিশ্বেতা চা নিয়ে আসলো আর আমার বললো,

শুনছো, ওই যে বাসি বিয়ের দিন একটা বৌদিকে দেখালাম না ! ওই যে লাবনী বৌদি!

আমি – হ্যাঁ.. বলো!

সৌমিশ্বেতা – উনি বিষ খেয়ে আত্মহত্যা করে ফেলেছেন।

আমি – (চোখ দিয়ে দু ফোঁটা জল বেরিয়ে আসলো আর একটা দীর্ঘ নিঃশ্বাস ফেললাম)রোহিত চলত একটু বাইরে গিয়ে আসি!

আমি তারা হুরা করে ঘর থেকে বেরিয়ে বাইকের পেছনে রোহিত কে বসিয়ে, কোনো কথা না বলে গঙ্গা নদীর পারে গিয়ে দাড়ালাম।

আর চিৎকার করে কাঁদতে লাগলাম। রাগ দুঃখে কষ্টে কি করবো কিছুই বুঝে উঠতে পারছিলাম না। রোহিত কে কাঁদতে কাঁদতে বললাম,

ভাই ভুল হয়েছে ভাই আমার, আমারই ভুল হয়েছে রে!

রোহিত কোনো রকমে আমাকে নিয়ে ওর বাড়িতে গেলো। আমাকে বললো দেখ তোর বউ কে সব খুলে বলে দিস। আমাদের পাড়ার সবাই জানে, অন্য কারো মুখে শুনলে খারাপ হবে তুই বলে দিস। এর পর রোহিত আমাকে আমার বাড়ি নিয়ে এসে চলে গেলো। আমি সৌমিশ্বেতাকে বললাম,

আমি তোমাকে কিছু কথা বলবো, আমি না খুব ক্লান্ত হয়ে পড়েছি, আর রাখতে পারছিনা, নিজের মধ্যে কথা গুলো। জানি না তুমি শুনলে রাগ করবে কি না তবে তোমাকে বলতেই হবে কথা গুলো। একে একে সব ঘটনা বললাম সৌমিশ্বেতাকে। অবাক করার বিষয় হচ্ছে, সে আমার ওপর রাগ করেনি, সে শুধু আমার জড়িয়ে ধরে বললো,

অতীত কে ইতিহাসের পাতায় মানায় না। আমি তোমার বর্তমান, তুমি আমার বর্তমান। ভবিষ্যৎ আমাদের দু জনের হবে। তাই অন্য কিছু নিয়ে ভেবো, আমি তোমাকে ছেড়ে কখনোই যাবো না, তুমিও আমায় ছেড়ে যাবে না আমি জানি।

আমার কাছে আর বলার কোনো ভাষা ছিলনা। শুধু তাকে আরো জোড়ে করে জড়িয়ে ধরলাম আর বললাম, **I love you**সৌমিশ্বেতা, আর সে বললো **I love you too** দেবো।

কে বলেছে ভালোবাসা এক বার হয়! প্রেম মানুষ চেনায়।

"গল্পে আমার, নায়িকা তুমি
শব্দে তোমার, নায়ক আমি!"

সেই আলিপুরদুয়ারেই হয়েছিল আমাদের শেষ দেখা। সময় আমাকে সুযোগ দিয়েছিল হয়তো, তবে আমি সেই সুযোগের ব্যবহার করতে পারিনি বা বলতে পরো লাবনী আমায় নিজের করতে চায়নি।

www.ingramcontent.com/pod-product-compliance
Lightning Source LLC
LaVergne TN
LVHW041548060526
838200LV00037B/1191
9781639405299